LibertàEdizio
www.libertaedizic

Elettra Bianchi

COME VIVERE CON UN GATTO TUTTO MATTO

E AMARLO ALLA FOLLIA

LibertàEdizioni
www.libertaedizioni.net

A Monica Busato e Silvana Arnaldo
le prime amiche di Fiocco

...tutto ti perdono
gatto
perché ami le altezze.
Stai bene in alto e solo.
E di là guardi.

Elettra Bianchi
da "Omaggio al gatto"
(*Il cammino forte*, Lorenzo editore, Torino 2004)

INTRODUZIONE

Un detto popolare afferma che il gatto " ha sette vite", ma ne ha certo in numero ben maggiore se è riuscito a superare tutte le travagliate fasi legate al mondo naturalistico e storico fino a giungere indenne ai nostri giorni. Giorni anch'essi per niente benevoli verso gli animali, nonostante il convincimento che i miracoli della scienza e della tecnica producano civiltà. Si procede nel cosmo con navicelle spaziali e altre diavolerie, eppure sulla terra si continua a vivere dolorosamente e violentemente e l'uomo si diverte a inventare torture sempre nuove di ogni tipo e genere, dirette in maniera imparziale a infierire sui suoi simili e sugli animali, specialmente su quelli più indifesi. Il gatto è stato perseguitato sempre o divinizzato, forse nessun altro animale ha subìto come lui gli umori e le storie, le religioni e le superstizioni, le magie, i pregiudizi e le ingiustizie del mondo umano. Presso molti popoli antichi era un dio, gli Egizi lo adoravano e gli offrivano l'onore dell'imbalsamazione come ai faraoni e agli scribi, altre popolazioni se ne cibavano.

Il Medioevo lo considerava parente del diavolo, o diavolo egli stesso e gli dava la caccia, specialmente se di pelo nero, poiché lo accomunava alle streghe che forse da povere perseguitate quali erano lo rifugiavano pietosamente nelle loro case. Il mondo contadino ne aveva scoperto l'utilità come cacciatore di topi e perciò lo sopportava a patto che il suo unico nutrimento fosse la... carne di topo! Ancora oggi in certe campagne (orrore) abbiamo constatato "de visu" che avviene questo.

Nelle case dei ricchi e degli antichi nobili il salotto era riservato alle coccole di "vergini cucce", quasi mai in dipinti di dame sfarzosamente abbigliate si nota un gattino che schiaccia un sonnellino sulle scarpette di raso delle duchesse. Casomai il suo posto era nelle cucine dove una generosa cuoca era disposta a gettargli qualche grasso avanzo di cibo. E allora che cosa doveva fare il gatto se non difendersi diventando guardingo, solitario, prudentissimo, viaggiatore di tetti ad evitare sassate e catture, difendersi dagli stanziamenti umani che gli rubavano i cuccioli, organizzare qualche colonia di suoi simili in posti sperduti dove figliare al sicuro e trovare qualche grillo e piccola serpe da mangiare? Ma intanto cresceva la sua cattiva fama, e infondate idee e paure circolavano intorno a lui rendendolo odioso con calunnie infondate. Era ladro, sì, ma come fa un povero corpicino pelle e ossa a non saltare su una bella bisteccona succulenta appena posata sul piatto? Gli uomini, che rubano tanto, ma tanto di più e spesso senza alcun bisogno di farlo hanno i loro tribunali, gli avvocati difensori, i testi di legge a difenderli. Chi ha il gatto? Nessuno, solo il suono del vento e la luce della luna che gli dicono "mangia tranquillo, non hai fatto alcun peccato" mentre lui si lecca ancora una volta i baffi conditi del sapore irrinunciabile della libertà.

Il presente libro è stato scritto proprio per difendere il gatto e proporlo nella sua genuina personalità; il racconto che segue è rigorosamente tratto dalla condivisione di vita tra me e il mio gatto Fiocco. Alcuni piccoli espedienti letterari, necessari in chi scrive, nulla modificano della felice sostanza che improntava i rapporti tra esseri umani e animali.

I GATTI

disegni di Andrea Martini

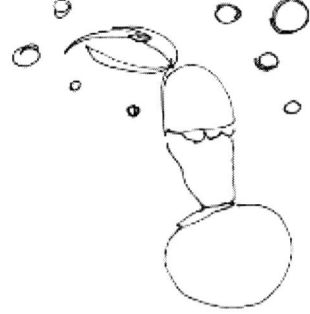

COME VIVERE CON UN GATTO
Tutto matto E AMARLO ALLA *follia*

****

<u>Capitolo 1</u>

L'Ingresso in casa

Si presentarono due signore: una alta e una più piccola, entrambe brune, sorridenti, dall'aria fine e molto affabili nei modi.

Erano gattare, ma lo sapevo già. Avevo letto un loro appello su Internet per trovare "stallo" ad un gatto che, misericordiose, definivano "un po' particolare". Da sventurata... risposi. Avevo sempre avuto cani, ma l'ultimo era morto da parecchio tempo e non avevo più voluto adottarne un altro a causa della mia età non più giovanissima e delle peggiorate condizioni di salute. Ritengo un gesto di inescusabile egoismo che una persona anziana adotti un animale domestico destinato a sopravviverle e a finire inevitabilmente in un rifugio o a essere trascurato per il sopraggiungere di malattie o invalidità dell'adottante. Ma mi accorsi che la casa vuota, per me persona sola, diventava sempre più un rimprovero quando pensavo ogni giorno ai poveri animali domestici abbandonati sulle strade o nei boschi da crudeli padroni. Così decisi per lo "stallo", scappatoia utile e generosa che qualsiasi persona veramente amante degli animali, ma impossibilitata ad adottarli, può praticare. In concreto si tratta di un affidamento provvisorio, come si direbbe in campo umano. Cani o gatti in situazioni particolarmente critiche vengono affidati a chi si offre di ospitarli finché non sia stata trovata per loro una sicura e valida sistemazione definitiva presso qualcuno che offra garanzie di ottimo trattamento. Certo occorre essere in possesso di un carattere forte, ossia sapere che sostano da noi solo nel periodo in cui si cerca per loro una soluzione definitiva ed essere pronti a separarcene senza drammi nel momento in cui è trovata. Ma torniamo all'incipit... le due signore gentilissime, Monica e Silvana, si presentarono presso la mia abitazione per un colloquio informativo che fu subito un successo. Loro apprezzarono la mia casa grande e luminosa, i terrazzi in sicurezza, il piano quarto anziché il piano terra, ed io apprezzai la loro gentilezza stupenda, e l'amore per gli animali, che era l'elemento comune destinato a darci immediata assicurazione che saremmo andate molto d'accordo, anzi saremmo diventate buone amiche. Così mi raccontarono, commovendosi molto spesso, di aver avvistato durante la loro assistenza alle colonie feline della città un gatto bianco che spaventatissimo correva da una parte all'altra di Corso Lecce riuscendo ad evitare sempre per un pelo un disastroso investimento da parte delle auto che sfrecciavano velocissime. Con appostamenti vari e strattagemmi, attirandolo col cibo e con la presenza degli altri gatti erano riuscite a catturarlo e si erano accorte che era sudicio, denutrito, impaurito anzi terrorizzato. Lo avevano affidato alle cure del veterinario, era stato tenuto in osservazione in un gabbione, mangiava a gogò, risultava sano a tutti gli esami effettuati, poteva avere l'età approssimativa di circa un anno e mezzo, era stato già sterilizzato dagli indegni padroni; fu ripulito accuratamente anche se sul pelo candido persisteva qualche macchia nerastra che col tempo si sarebbe dissolta. In poche parole lo avevano in custodia; erano già stati collocati in molti luoghi i volantini con le foto e diffusa la notizia del ritrovamento anche via Internet, ma nessuno lo aveva reclamato. Ormai era da tempo nel gabbione e bisognava ne uscisse, non solo per il suo bene, ma anche perché la retta del veterinario cresceva paurosamente. Ma dove portarlo? Loro avevano già i locali dell'associazione e la loro casa stipati di gatti e gattine, una folla di derelitti sani e malati, di ogni età e colore, non c'era posto per il gatto nuovo di zecca che era arrivato da C.so Lecce e che momentaneamente chiamavano "Lecce". Così avevano pensato a me che avevo risposto all'appello – per poco tempo, vedrà, è talmente bello che troverà subito una sistemazione... è solo molto spaventato e il "soggiorno" nel gabbione non gli ha certo giovato da un punto di vista psicologico! – Condividevo in pieno la diagnosi perciò accettai immediatamente di occuparmene. L'idea di quel povero adolescente chiuso tra le sbarre di un riformatorio pur non avendo mai rubato neanche uno spillo, e neppure fumato anche un solo spinello mi rendeva triste e desiderosissima di averlo a casa per coccolarlo e dargli tutto ciò che la sfortuna di avere avuto dei "padroni" all'apice dell'insensibilità gli aveva negato. Così fu stabilito che all'indomani verso sera sarebbero arrivate col trasportino e con lui, Lecce. La mia casa era già attrezzata: lettiera, ciotoline varie con acqua e pappa, tiragraffi, palline, mancava solo la cuccia perché cuccia sarebbe stata qualsiasi poltrona che lui scegliesse, la trapunta di piuma sul letto, le sedie imbottite con ogni genere di morbidezze (anch'io amo la vita comoda, l'ascolto della buona musica, la lettura e tutto ciò che si addice ad una vecchia signora meditativa).

Il giorno designato stava volgendo al termine, già il tramonto si era impossessato rosseggiando dei bei viali di Torino quando, affacciandomi impaziente al balcone sul corso, le vidi arrivare le due signore una alta e l'altra meno, con il trasportino tenuto a due mani un po' traballante a causa dei loro passi (pensai!). Andai subito al citofono, apersi il portone prima che suonassero e le attesi sul pianerottolo. Si spalancò rumorosamente l'ascensore e per primo spuntò il trasportino blu, molto elegante ma chiuso da una fitta grata oltre la quale si intuiva un gran movimento lattiginoso e niente di più. Le due signore entrarono e depositarono il malloppo per terra mentre io chiudevo la porta ad evitare possibili salti giù per le scale. Un po' di esperienza mi aveva già introdotto nelle abitudini dei signori gatti. Poi tutt'e tre chinate sullo sportello a grata del trasportino aprimmo con grande cautela la feritoia. Credevamo di assistere ad uno schizzo felinamente elastico, accompagnato da spaventosi e gutturali miagolii, invece se ne uscì maestosamente eretto una specie di papa-gatto, abbagliante di candore, testa alta, passo lento e ieratico, occhi d'oro scrutatori e serissimi, molto autoritari. La voce venne per prima a me che dissi – è un fiocco di neve –. Sì, un fiocco – ribadì la signora alta sottovoce, e la signora normale, come un'eco alle nostre spalle – Un fiocco –. Chiamarlo Papa mi sembrava un po' blasfemo sebbene ne avesse tutta l'aria, così mi era balzata alla mente l'altra immagine assolutamente bianca, quella della neve. E fu Fiocco per sempre. Mi dissero che nel trasportino si era agitato parecchio e si erano convinte che nonostante i fermagli di sicurezza sarebbe riuscito ad evadere e a dileguarsi di nuovo in mezzo alle automobili e loro sarebbero svenute lì, sul marciapiedi, col trasportino vuoto tra le mani. Invece ora, in casa, camminava a passi lenti e solenni e osservava tutto con l'attenzione di un ispettore di polizia chiamato sulla scena di un delitto efferato; annusava, metteva i baffi in ogni angolino, sostava pensieroso, riprendeva i percorsi già fatti, ricominciava da capo, entrava disinvolto nelle stanze senza neanche una precauzione, senza chiedere neppure permesso, niente lo distraeva dal suo compito ispettivo. Chiesi se sapevano qualcosa della sua vita precedente... che fosse stato un agente del KGB? Noi bevemmo qualcosa, lui passava davanti alla sua acqua senza degnarla d'uno sguardo, così anche per il mucchietto fresco di crocchette, si capiva benissimo che aveva esorcizzato la fame arretrata che ora non gli faceva più paura. Dopo un po' le due signore andarono via, lo salutarono affettuosamente, lui non le degnò di uno sguardo dall'alto dello schienale del divano. Rimasti soli feci le voci carine, fini fini per non spaventarlo, mi inchinai con la mano tesa piena di crocchette, gli tirai la pallina colorata, feci il verso del colombo e quello del gatto, niente, per lui ero una pura assenza, che avesse studiato Heidegger? Mi rassegnai, cenai, mi stesi a guardare la tv nella camera da letto, lo chiamavo con tono imperativo, allungavo il collo ogni cinque minuti per cercare di vederlo. Niente. Adesso era lui ad essersi trasformato in una pura assenza. Così mi addormentai a metà strada tra la delusione e l'innervosimento. Perché era così irriconoscente dopo che lo avevo fatto uscire dal gabbione del riformatorio? Il mio cane Lillo quando lo avevo portato via dal canile lo capì immediatamente e da Chivasso a Torino, in piedi sul divanetto posteriore della macchina, mi aveva tenuto le zampine sulle spalle in un ininterrotto abbraccio, mugolante di gioia e da quel giorno era diventato la mia ombra. Ah voi, signori gatti, che carattere duro! La mattina successiva la casa continuava ad essere deserta come nessuno vi fosse mai entrato nel trasportino. Questa volta avrei dovuto essere io a trasformarmi in un detective... di nuovo voci carine, di nuovo incitamenti a farsi vedere, di nuovo spostamenti di tende, aperture e chiusure di armadi, di oblò di lavatrici, di ripostiglio pieno di "ambaradan", niente. Silenzio totale e assenza. Cominciavo a preoccuparmi: che fosse caduto nel water e se stanotte in una crisi di sonnambulismo avessi tirato lo sciacquone senza vederlo? Ma dai, Fiocchetto fatti vivo, se vieni fuori ti do un piattino di buon latte, abbi pietà di me... e va bene me ne torno a letto, sono solo le sei, possibile che io debba già rimetterci il sonno a causa tua? Scappato non puoi essere scappato, e allora stai dove sei. Quando avrai fame uscirai, ingrato di un gatto! Così mi rimisi sotto le coperte e restai in situazione di dormiveglia, avevo sonno sì, ma non riuscivo a dormire profondamente perché il pensiero di Fiocco era tra le meningi e il cervello. Da questo limbo dondolante emerse all'improvviso un piccolissimo nasetto assolutamente rosa che andava direttamente a toccare il mio e mi pungeva con enormi baffoni bianchi e accompagnava ogni operazione di avvicinamento con un frastuono come di onda marina che si rompe sulle rocce... frum frum frum. Era lui, manco a dirlo! Apersi gli occhi e mi trovai faccia faccia con i suoi occhi giallissimi, un lingotto d'oro, dimezzati da una ferita scura come quelli di un serpente tropicale... ehi ehi ehi avrai per caso anche tu il veleno nei denti? Vacci piano caro mio, oltretutto pesi assai e se mi volessi aggredire sarei del tutto in tua balia, cosa vuoi da me? Dillo subito almeno possiamo fare un patto e venire ad un accomodamento! Ma lui era di poche parole e non gli piaceva la collegialità per cercare improbabili soluzioni, non aveva predisposizione per la politica, né per il sindacalismo. Appena fu certo che fossi sveglia saltò giù dal letto e si diresse con sicurezza in cucina. È appena ovvio che lo seguissi e così mi avvidi che nella notte aveva spazzolato l'intero contenuto del piattino di crocchette ed ora stava là, impettito a guardarmi senza un miagolio di richiesta, niente, mi guardava con sguardo eloquentissimo, questo sì, ma con grande dignità e autorevolezza. Apersi una scatoletta di tonno, di quelle buone, raccomandate dalle due signore. La divorò immediatamente e poi cominciò con flemma e soddisfazione a leccarsi baffi, zampine, spalle (fin dove arrivava) pancia, piedi, e a grattarsi le orecchie a 360 gradi. Mentre anch'io facevo colazione lo guardavo perché verificavo che dedicava molto più tempo di me alla toeletta mattutina. Finito che ebbe ricominciò la sua ispezione all'alloggio, se per caso qualche malintenzionato fosse entrato nella notte, mentre dormivamo. La ricognizione durò due giorni interi, senza sconti, senza soste, pensai – neanche se fosse pagato! – poi mi venne in mente che si illudesse di chissà quale alta ricompensa. Allora approfittando di un momento in cui era seduto su una sedia e mi guardava con atteggiamento interrogativo glielo dissi chiaro e tondo – guarda che non ti pago eh, togliti le illusioni se ne avevi, non ti ho incaricato io di controllare in questo modo l'alloggio, lo fai a tue spese, sia ben chiaro, ci siamo capiti? – In effetti dopo questo discorso esplicito la smise di ispezionare e prese a starsene in riposo sul terrazzo e ad affondare nelle poltrone.

Ma un altro aspetto della sua personalità stava per saltar fuori, e avrebbe costituito un vero problema.

Una personalità disturbata

Fiocco presentava un forte autoritarismo collegato, come avviene anche in campo umano, con una sotterranea irascibilità. Saltava fuori, insomma, il sospetto di una doppia personalità. Un giorno eravamo intenti a giocare con il saltello delle palline di plastica, lui era eccitato e felice, gli occhi sfolgoravano e la pupilla era talmente dilatata da occupare tutta l'iride, ma un bel gioco non dura un'eternità e venne il momento di smettere, dovevo pur accendere i fornelli e sistemare la pentola sul fuoco. Così dopo avergli consigliato di ricomporsi e andare magari a fare un giretto in terrazzo, gli voltai le spalle e mi avviai verso la cucina. Ma all'improvviso mi sentii avvinghiare le caviglie da un fulmine bianco, Lui, che stringeva e mordicchiava con dentini parecchio aguzzi... era rabbioso ma lucido di testa, come sa sempre essere! Infatti al mio grido di sorpresa e di paura subito allentò la presa e fuggì a gambe levate per ficcarsi sotto la poltrona mentre io constatavo che i dentini e le unghiette avevano lasciato alcuni segni non del tutto superficiali che non sapevo se sarebbero guariti in fretta. Ad ogni modo andai davanti alla poltrona e gli espressi subito la mia sdegnata reprimenda – ma non ti vergogni, pelandrone, ingrato, a farmi l'agguato dopo che ti ho fatto giocare con tutte le palline della casa? Non devi farlo mai più, hai capito? e se mi avessi fatto cadere? Ora sarei in barella, sotto ci sarebbe l'autoambulanza, e tutto per colpa tua, gattaccio sconsiderato! – Da sotto la poltrona non proveniva neanche un sospiro di pentimento, neanche un soffio, niente, silenzio assoluto come Lui si fosse smaterializzato. Va bene, vado a mettere su qualcosa, i fornelli mi aspettano! Trafficavo con le verdure e sentivo la radio quando all'improvviso una pelliccetta calda e soffice mi striscia sulle caviglie, si ritira e ripassa, come una danza a ritmi alterni, una dolce pressione di timido approccio per chissà quale scopo. Lo guardo, mi guarda ed emette un fievolissimo e monco... mmmiiiii... Oh cara, rifiutata creatura, ti sei pentita, hai capito di aver esagerato, sei venuta a chiedermi scusa! Gioia, non fare così, sì, ti perdono subito subito, anzi, vieni che ti prendo un momento in braccio e ti faccio una carezza così capisci che proprio non mi ricordo neanche più di quello che è successo! E così dicendo mi curvo per prenderlo, ma la sua testolina dal Q.I. superiore alla media aveva immediatamente capito un'altra cosa, che il più forte era tornato ad essere Lui! Mentre mi chino... zac... la zampina con tutte le unghiette in esposizione si abbatte velocissima sulla mia mano tesa e poi... via... un fulmine tra sedie, tappeti, gambe di tavoli... sparizioni e apparizioni in un gioco furioso e gratificante al massimo, altro che banale passeggiatina sul terrazzo! Dovetti ritirarmi in bagno, disinfettare la parte poiché alcune gocce di sangue apparivano sul dorso della mano ed io, non essendo ancora abituata ai graffi felini nervosamente improvvisi, temevo potesse svilupparsi chissà quale infezione. Dopo qualche mese di convivenza mi sarei liberata di queste paranoie e avrei minimizzato intere geografie di graffi. Ormai però avevo cominciato ad essere sospettosa nei suoi confronti e lo tenevo costantemente d'occhio. Scopersi così che era particolarmente attratto dai fili che pendevano da qualche parte, dagli spaghi, dalle nappe di passamaneria appese alle chiavi degli armadi, dalle frange degli asciugamani e da quant'altro oscillasse nello spazio. Un vero maniaco dei pendoli di Foucault; se avesse potuto frequentare qualche laboratorio di fisica avrebbe senz'altro effettuato importanti scoperte, invece era ingiustamente confinato in casa! Avevo un paio di scarpe con le stringhe. Qui mi convinsi che sopravvivesse in lui lo spirito di qualche mago medioevale. Infatti la mattina quando sceglievo di indossare quelle scarpe e prendevo in mano le stringhe per allacciarle, Lui, lontano e inaccessibile in quel momento, non so per quale recondito segnale o canale, sopraggiungeva di corsa, anzi a rotta di collo, e le stringhe erano già nei suoi denti furiosi mentre le zampine mi immobilizzavano il collo del piede per poter rosicchiare con maggior sicurezza. Chi lo avvertiva della mia mossa che poi imparai a compiere dopo aver ben chiuso la porta della stanza? Non l'ho mai saputo. Ma condivido perfettamente l'opinione di coloro che definiscono il gatto un animale misterioso. Altro che misterioso, addirittura a stretto contatto con la magia. Un punto a suo favore era però rappresentato dai pasti. Nonostante ficcasse i suoi baffoni duri come plastica in ogni mia sporta che introducesse in casa acquisti alimentari, e cercasse di aprire disperatamente il frigorifero o il fornetto (spento), e si ficcasse nella lavastoviglie regolarmente caricata di piatti sporchi, non era un golosone (ma perché parlo al passato?) non è un golosone. Le scatolette più squisite, quelle ecologiche e contenenti ricette realizzate dai grandi chef della felinità, tipo – stracciatelle di brontosauro surgelato in salsa alsaziana, ventresca di grillo parlante con contorno di cicale greche, lische di pesce verde dell'oceano indiano post-tifone, gelatina svizzera alla griglia, battuto di dinosauro al profumo di melograno, pelle di lumaca canavesana all'erbaluce, lui le degna solo di una leccatina svogliata, da vero gourmet molto snob. Dove invece rivela la sua provenienza proletaria è la scodella delle volgarissime crocchette di manzo o di pescato. Fa il suo "pieno" con diligente sobrietà, beve abbondantemente l'acqua sempre rinnovata (la pretende così) e poi si ritira nel luogo che trova più morbido per le sue natiche e più buio e silenzioso per la sua psiche sempre troppo sveglia. Ma riprendiamo il racconto del suo (e mio) travagliato passato. Gli agguati continuavano e sebbene spesso incruenti mi procuravano uno stato di attenzione costante un po' fastidioso, anche perché temevo mi facesse cadere essendo le mie gambe non più ventenni. Per un certo periodo fui costretta a viaggiare in casa armata, sì armata di una bellissima pistolona Far West di plastica verde e gialla e ben caricata... ad acqua! Sparavo ogni volta che lo vedevo spiccare il volo verso le mie gambe o i piedi... ZAC! BUM! Così decisi di interpellare le due signore che me "Lo" avevano affidato. In una delle telefonate che "Lo" riguardavano spiegai la situazione e le poverine convennero che bisognava occuparsi della sua psiche, evidentemente ancora sotto choc per l'abbandono che lo aveva allontanato bruscamente dalla sua primitiva famiglia e dal suo ambiente. Poi c'erano state le avventure di strada altamente diseducative e pericolose per un gatto di abitudini ormai borghesi. Insomma fu convocata una strizzacervelli che in campo veterinario si chiama "Comportamentista". Ce n'era una particolarmente qualificata che ci fu proposta dal veterinario di fiducia. La signora si presentò nel suo aspetto più professionale, cartella di cuoio, occhiali a stanghetta dorata, agenda di appuntamenti, voluminoso blocco notes, ricettario debitamente recante le varie specializzazioni in molti ambiti della patologia veterinaria. Fu parecchio attenta nell'esaminarlo, Gli fece molte domande. Lui si aggirava sospettoso e un po' inquieto, facendo lo gnorri ma in realtà si vedeva che chi studiava di più la situazione non chiara era senz'altro Lui che aveva perfettamente capito di essere al centro dell'esame e che dall'esito dello stesso potevano derivare conseguenze buone o catastrofiche. Così decise di non rispondere e di girare al largo lasciando a noi l'incarico di descriverlo per filo e per segno. Infatti meditabondo pensava che si era già ambientato in questa casa accogliente, con una vecchietta che gli lasciava fare tutto quello che voleva e gli si rivolgeva anche con le vocine riservate ai bambini piccoli e lo accettava sul letto e sui divani. Cosa sarebbe successo se la... compromentista... (ma cosa signficava esattamente questo nome difficile!) lo avesse condannato?? Lo avrebbero messo di nuovo nel gabbione della prigione? Portato in un lager? Chissà, meglio stare molto in guardia e non esprimersi troppo, bocca chiusa e coda dritta erano i soli mezzi con cui poteva difendersi! E non cedere alle lusinghe, non fare mai quello che volevano fargli fare. Ma cosa pretendevano esattamente da lui? La compromentista finalmente (a Lui era sembrata un'eternità) emise il suo giudizio, che lui ascoltò attentissimo, ma col cuore in tumulto. Poteva restare dov'era... (meno male, meno male, Cielo ti ringrazio!) ma bisognava "interessarlo" di più poiché manifestava qualche segno, timido a dire il vero, di schizofrenia... (e dàgli coi termini difficili). Ahi, qui poteva esserci l'inghippo. Cosa intendeva la compromentista per "interessarlo"? Forse volevano imporgli qualche corso scolastico, qualche noiosissima lettura, oppure affibbiargli un insegnante di sostegno col compito di fargli imparare il cinese-felino per interloquire con le colonie protezione-micio di Shangai? Invece, guarda un po', a volte dal cappello a cilindro del destino saltano fuori cose inaspettatamente positive mentre te ne aspettavi altre negative. La delicatissima signora dal nome difficile sentenziò con la severa compostezza di un giudice che LUI si "annoiava terribilmente" in quella casa dove mancavano bimbi, dove c'era solo una vecchia signora contornata di vecchi mobili e scolorite fotografie, e dove gli unici giochi erano quattro saltellanti palline di tanto in tanto quando proprio Lei si stufava di star sempre a battere con le dita sui tasti neri di un aggeggio chiamato computer e dal quale le proposte di aiuto delle Sue volonterose zampine erano rigorosamente escluse. Non avrebbe mai supposto che quella signora compromentista avesse tanta estesa e approfondita conoscenza di giochi per gatti e che avesse sposato la sua causa e fosse lì per salvarlo. La gentilissima escogitò che gli si procurasse una galleria da agility (e che roba era?), un insieme di scatole di cartone con dentro giornali appallottolati e in fondo un pugno di crocchette, che il cibo dovesse essere decentrato, non solo in cucina sul malinconico tappetino, ma in giro per la casa in maniera che Lui si divertisse a scovarlo. E altre tante cosette divertenti e futili. Tutto per Lui e "fatemi sapere". La guardò uscire meravigliatissimo e frastornato e se non fosse stato così esterrefatto le avrebbe dedicato sulla soglia un piccolo agguato di saluto e di riconoscenza, ma era meglio mantenersi ancora un po' sulla difensiva. Lui tutto sommato era un gatto molto prudente!

Naturalmente fu dato corso ai consigli professionali e in sala fu sistemato il tunnel rosso di agility al quale furono anche appese molte palline oscillanti, mentre altre furono lasciate libere di rotolare sul pavimento quali esche per stimolare corse e agguati. Dapprima fu tutto un furibondo, caotico giocare, urti alle sedie, nascondigli fra le gambe dei tavoli, immersioni a tuffo nel tunnel rosso per poi riapparire tutto occhi e scarmigliature dalla parte opposta, rovesciamenti di scatoloni per cercare il cibo nascosto sotto spessori di giornali accartocciati. Tutto questo sotto il mio occhio vigile e interessato di spettatrice, che naturalmente doveva raccogliere le palline e tirargliele di nuovo, rimettere la carta negli scatoloni, suggerire esortativamente le corse attraverso il tubo rosso, insomma avrei dovuto interpretare la parte di Liana Orfei dall'alba al tramonto. Voi capite che non è proprio il massimo per una donna che ha, come si dice, "una casa sulle spalle"! Così a un certo punto mi ritirai per fare il letto, mettere qualcosa sui fornelli, battere sulla tastiera misteriosa. Lo lasciai solo, convinta che avrebbe continuato nei suoi passatempi sfrenati. Silenzio. Quando mi affacciai alla porta per capire se avrei potuto passare tra la baraonda dei giochi lo vidi seduto in perfetta posa egiziaca, lo sguardo opaco, i peli rassettati, e tutti gli strumenti di divertimento abbandonati, solitari e tristi. Senza di me Lui non si divertiva, non sapeva che farsene di tanta abbondanza di giochini. Cominciai a pensare che fosse capace di un qualche larvato abbozzo di sentimento. Non l'aveva mai dimostrato, ma nella sua bizzarria nascondeva una possibile sorpresa. Gli dissi qualcosa di esortativo ma finse di non aver capito. E la storia dei giochi finì così. Essi rimasero ancora per un bel pezzo ad ingombrare i passi, ma la Sua vivacità si risvegliava solo se anch'io mi mettevo a pancia a terra (ve l'immaginate?) a far correre palline e a tirare cordini nel tunnel. Dopo un po' finì tutto nello sgabuzzino degli "ambaradan". Lui si cercò altre distrazioni, e in questo fu bravissimo e creativo. Si accorse che dietro la finestra col vetro traslucido del bagno, sul davanzale esterno, venivano spesso a sostare e a tubare alcuni colombi. È appena ovvio che dovetti sgombrare il piano di appoggio della parte interna della finestra, sempre stipato di boccette, vasetti di creme, alcune conchiglie di mari tropicali, portacipria e una pianta di aloe. Dopo alcune "spazzolature" seguite a doppi salti mortali per agguantare l'ombra dei colombi, dovetti rassegnarmi e lasciargli lo spazio libero perché potesse ringhiare a denti stretti durante gli agguati e spaventare a morte i poveri volatili. Altro gioco inventato dopo varie misurazioni scrupolosissime e prove fu quello di saltare sul tetto degli armadi. Per chi non lo sapesse si fa così. Per alcuni giorni si passa e ripassa davanti all'armadio. Si sosta pensierosi e col capo in alto a misurare grosso modo l'altezza. Poi si comincia a mimare il balzo elevatore. Ci si raggomitola sulle gambe posteriori e ci si bilancia due o tre volte con quelle anteriori. Si prova, credo, l'elasticità del corpo, la rispondenza dei muscoli e intanto si guarda bene in giro se per caso ci fosse una sedia o qualsiasi altro piano da utilizzare come gradino intermedio. La situazione va studiata a fondo, perché Lui non ha alcuna intenzione di fare brutte figure, o peggio brutte cadute. Va bene che il veterinario (quello vero) ha detto che i signori gatti possono cadere fin dal quarto piano di un palazzo senza procurarsi ferite mortali (i furbi si girano mentre cadono e atterrano sulle quattro gambe). Però a Lui spiacerebbe fare la figura dello stupidone che cade magari col muso in avanti e rimane senza denti. Così per alcuni giorni si continua a passare avanti e indietro guardando il mobile con fare disinvolto, senza destare sospetti, come si guardasse un bel quadro col fare del critico d'arte. C'è anche da mettere in conto, prima di attualizzare l'impresa, che la "padrona di casa" potrebbe non essere d'accordo. Non so se sapete che queste padrone di casa hanno la cattiva abitudine di ricoprire il tetto degli armadi con un numero esagerato di fogli di giornale, dicono per evitare la polvere, ma la polvere si deposita lo stesso sulle notizie (e sarebbe il male minore), il fatto è che quando un povero gatto approda finalmente sull'armadio è costretto ad inghiottire un sacco di batuffolini di polvere vecchia di secoli, a respirare folate di sabbia come avesse attraversato il deserto sotto il ghibli. Come e quando avvenne "la cosa" non saprei dire. So che un giorno lo cercai disperatamente dappertutto chiamandolo con le vocine e coi nomi dolci. Era sparito. Mai sacchetti di crocchette furono fatti risuonare più vigorosamente per tutta la casa, mai nelle poesie liriche si lessero proteste d'amore tanto appassionate. Ma rispondeva solo il deserto silenzioso e oppressivo della casa. Le finestre erano ermeticamente chiuse, la porta d'ingresso chiusa a doppia mandata, ne dedussi con operazione mentale di tipo logico-matematico che non poteva essere uscito. Certamente era rintanato in qualche luogo assolutamente impensabile, sprofondato in un ristrettissimo angolo buio tra le scartoffie ammassate dello studio o nei recessi dello sgabuzzino degli ambaradan, era già capitato altre volte. Un aspetto insopportabile del suo carattere è che non si degna di rispondere, mai, neanche uno strozzato "min" minimalista. Lascia il rifugio a sua insindacabile scelta, quando vuole lui e perché vuole lui. Così quel giorno. Allora mi ritirai in camera irritata, molto irritata, e brontolando minacce di inaudite violenze alle sue spalle... hiiiii...! Mi stesi sul letto per rilassarmi un po' e quando lo sguardo mi andò in alto, sul tetto dell'armadio di fronte a me, immaginate cosa vidi? Il suo adorabile, imperturbabile, serenissimo musetto bianco, completo di baffoni e occhi color limone che si affacciava dalla cornice ottocentesca del tetto dell'armadio!!!!!! Balzai di scatto seduta sul letto, ma come aveva fatto, ma com'era stato possibile, ma chi l'aveva aiutato? Non lo seppi mai, ma da quel giorno prese l'abitudine di ritirarsi a pensare in quel luogo alto e indisturbato. Tutto sommato lo approvavo, lo ammiravo e un po' lo invidiavo.

Capitolo 2

Vita di tutti i giorni

Ormai Fiocco si era ambientato, direi uniformato o, se preferite, globalizzato con la casa e con me. Sapeva tutto, ricordava tutto, era padrone di tutto. Saltava ovunque con le sue zampe elastiche e l'esatta conoscenza delle misure di lunghezza, altezza e profondità, e di peso, non esclusi i parametri delle calorie riferiti a termosifoni, forni, lavatrici, ferri da stiro e altro. Ho in sala una piattaia antica su cui avevo sistemato una serie di piatti vecchi ma graziosi racimolati nei vari mercatini in cui mi aggiro da anni, umana arpia. Sei di essi erano il regalo di un anziano amico di famiglia che li attribuiva al pennello di una sua defuntissima zia. Secondo una stima cronologica approssimativa sarebbero risaliti a fine Ottocento. Rappresentavano un mazzetto di fiori di campo su cui si librava una farfalla, il tutto a colori tenui, evidente emanazione di un gentile animo femminile *fin de siècle*. Gli avevo raccomandato di tenersi, per favore, a debita distanza da quell'altissima piattaia che giungeva a pochi centimetri dal soffitto. Devo dire, onestamente, che mi aveva ubbidito. Quando si riteneva offeso per qualche mia spregevole mancanza, o quando avevo parlato troppo al telefono o quando ero stata eccessivamente "in giro" chissà dove, le sue rimostranze le faceva grattando l'armadio, buttando a terra qualcosetta dai ripiani, per fortuna salvaguardata dalla mia mania dei tappeti, oppure facendomi subito un agguato di quelli "mordi e fuggi" cioè tutto sommato anche un po' ironici, ma inoffensivi. Per quanto ci abbia a lungo pensato, non riesco però a ricordare in che cosa lo avessi offeso quel disgraziatissimo giorno in cui avvenne il disastro. Ma dev'essere stato qualcosa di grandemente oltraggioso, di imperdonabile, da dover quasi istituire una giornata del ricordo per le successive generazioni di gatti. So benissimo che ero uscita di casa con la solita tranquillità e fiducia, gli avevo perfino sorriso facendogli ciao ciao con la manina e la vocina dei nomini sulla soglia di casa. Sì, gli avevo anche detto che sarei stata fuori per poco tempo, che stesse buono, che andasse a farsi un sonnellino. Al rientro pregustavo la calma della solita tazza di deteinato delle cinque, i due biscottini e le pantofole. Apersi la porta, al momento non mi accorsi di nulla, tutto silenzio e quiete, ma Lui non c'era. Come mai? Dove si era cacciato, per caso non era di nuovo andato a dormire nello scatolone delle vecchie fotografie che avevo cercato di murare con cartoni vari ad evitare che le sue pesanti natiche facessero diventare tutte convesse le care immagini del passato? Rapido giro e sguardi in alto e sotto i mobili e fu allora che mi apparve lo squarcio tremendo nell'esposizione dei piatti antichi. Per terra un lastrico di cocci multicolorati che si espandevano dappertutto, sotto il tavolo, tra le gambe delle sedie, sui tappeti, fuori dai tappeti, e in alto i ripiani del mobile desolatamente vuoti, orbite senza occhi, teschi che mi guardavano da enormi distanze e solitudini. Il pianto mi salì in gola. Pensavo alla zia del vecchio signore, signorina ottocentesca defuntissima un'altra volta lei e i suoi delicati pennelli, pensavo all'amico di famiglia che sapeva col suo dono di avermi procurato una grande gioia e di aver prolungato il suo ricordo per tutti gli anni in cui fossi ancora vissuta, tutto era perduto come in una guerra. Piangendo di dispiacere e di rabbia, con la sciarpa alzata in mano come una clava mi diressi in ogni angolo della casa proferendo feroci minacce di distruzione a "suo" riguardo... gli gridai cose orrende, ma di Lui neanche l'ombra. L'unica ipotesi era che si fosse rifugiato, vestito da palombaro, nello scarico del water... ebbene, ci stesse, era il suo degno posto! Mi ritirai in cucina delegando mentalmente alla colf il triste compito del becchinaggio dei piatti. Presi un tè amarissimo, nessuna zolletta lo avrebbe addolcito, poi mi ritirai nello studio a rispondere alle email col sottofondo della musica classica,

41

come sempre. Ero intenta al paziente lavoro quando da dietro lo schermo del PC sporse silenziosissima, a metà, in atteggiamento cautissimamente esplorativo, la Sua faccetta candida con gli occhi limoncino spalancati a 360 gradi. Un cerchio perfetto sul quale si ergevano le due solite orecchiette d'un rosa trasparente e ingenuo. Cosa fare, ammazzarlo? Ma ormai avevo appeso la sciarpa nell'armadio, ero solo una vecchietta sola e triste che cercava segni di amicizia in amici lontani e in un gatto, proprio così, anche in un gatto "lavativo" come Lui. Allora gli porsi la mano in segno di amicizia, ma si ritirò di corsa e mi rimase solo più l'immagine di una coda velocissima che spariva catapultandosi dallo scrittoio. Così compresi che era anche un gatto etico. Sapeva benissimo di aver fatto il male e ne temeva le conseguenze. Restammo ancora un po' separati, ma la sera quando seduta nel letto mi misi a leggere, Lui venne come al solito a raggomitolarsi sulla coperta, tra le mie gambe. Facendo finta di non essermene accorta (ma sono certa che Lui non era cascato in questo piccolo inganno), dopo un po' allungai la mano sulla sua testina affossata tra le zampine e gliel'accarezzai. Lui dette un profondo sospiro.

Ma ci furono anche ore di serenità profonda, in cui si potevano dimenticare i suoi disturbi mentali e considerarlo un poeta romantico, un appartenente ai giovani un po' spiazzati dello *Sturm und Drang*. Un sognatore, un ecologista se vogliamo confrontarlo coi nostri tempi. Erano le prime sere primaverili. Avevamo sistemato con Nelly molti vasi di gerani e di viole del pensiero sul grande terrazzo della cucina. Verso sera ero solita sedermi fuori e scrivere o leggere al tavolino, talvolta anche cenandovi. Lui mi precedeva di molte ore, già dal pomeriggio si stendeva in mezzo ai fiori, si allungava sotto il tavolo, di tanto in tanto guardava in cortile nella speranza di vedere qualche colombo a passeggio, ma data la distanza da lui accuratamente valutata non gli passava neanche per la mente di volergli fare l'agguato. Così si ritirava facendo l'indifferente e guardava per aria se per caso transitasse sopra la sua testa qualche uccello. Ma gli piacevano enormemente i fiori nei vasi. Qualche volta piluccava qualche petalo, come facciamo noi passando in una vigna. A volte mi sembrava che ne aspirasse il profumo, profondamene deliziato. Alzava la testina, socchiudeva gli occhi e dilatava le minuscole, quasi invisibili narici. Credo che facciano proprio così i creatori di profumi nelle *maisons* più qualificate di Parigi. Mai gli venne in mente di gettare uno schizzetto di pipì contro i vasi, da gatto teppista, rozzo e ineducato. La Nelly elogiava tra le sue migliori qualità quella della pulizia. La sua lettiera era sempre accuratamente sistemata dopo prolungati tempi di raspaggi. Per sapere se aveva "fatto" bastava affacciarsi al bagno di servizio in cui era sistemata e si vedeva subito se esisteva già la piramidetta di sabbia perfettamente squadrata in ogni lato, oppure se c'era ancora la pianura sabbiosa da noi livellata. Quando le notti si facevano più calde, verso maggio o giugno, non sopportava di dover dormire in casa con la porta-finestra del terrazzo del tutto chiusa. Anche se dormiva sulla poltrona della sala voleva che gli arrivasse il fiato della notte, il soffio del cielo stellato, sono certa che ne godesse anche senza rendersene conto, dal territorio dei suoi sogni felini.

 Sul terrazzo della cucina di tanto in tanto svolazzavano alcuni colombi che nella stagione invernale vengono a chiedere qualche briciola, un minimo di riso o di pastina per brodo, furtivamente perché sanno benissimo che non posso violare le leggi comunali che impongono di non offrire cibo ai volatili. Però, a volte, spalando quel po' di neve che si accumula e porta freddo all'interno della cucina, dal grembiule inavvertitamente scivolava qualche pezzetto di pane rosicchiato fino a qualche minuto prima. I poverini, prima che io avessi il tempo di raccoglierlo, lo avevano già nel becco e lo stavano portando al volo in qualche anfratto segreto sotto i tetti imbiancati. Fiocco osservava la scena dietro i vetri della porta finestra con uno sguardo di truce assassino tremando in tutto il corpo ed emettendo una piccola serie di strilletti soffocati, di quasi-fischi, di ruminamenti simil-bovino... un atteggiamento incomprensibile esternato in un linguaggio criptico. Poi, per almeno due settimane, ogni giorno stazionava nel punto esatto dove aveva visto svolgersi la scena, sicuro che si sarebbe ripetuta e, nonostante cercassi di dissuaderlo e di farlo ragionare, nossignore, finché non si era convinto di essere deluso, non lasciava l'osservatorio e se ne andava prima la neve di lui.

Arrivo di un ospite indesiderato

Nella vita non può andar sempre tutto bene, qualche volta l'opera del diavolo ci mette la coda. Così un giorno ricevetti una telefonata preoccupante da Teresa, la carissima amica di gioventù, che abita sola in una località di montagna del biellese. La poverina era afflitta da un terribile mal di schiena che secondo la diagnosi dell'ortopedico dipendeva dallo schiacciamento, con incrinatura, di due vertebre. Le fu costruito un apposito busto rigido da tenere durante il giorno ma, sia per il male sia per lo sgradevolissimo aggeggio, era impossibilitata a muoversi liberamente, tantomeno a passeggiare un cane... sì, perché non ho detto che Teresa viveva con un magnifico cane peloso, quasi rosa e bianco, gioiosissimo, una piccola collina di dolcezza e dedizione. Glielo avevo procurato io, portandolo direttamente dal canile dove era giunto, anni prima, vittima di maltrattamenti, a bordo della camionetta della Polizia Municipale. Il boia-padrone gli aveva inferto una bastonata e il cagnolino, quasi ancora un cucciolo, aveva dovuto subire l'asportazione dell'occhio destro. Per questa menomazione, sebbene fosse di temperamento dolcissimo e bellissimo nel suo mantello a pelo lungo bianco e roseo, Artù non lo volle nessuno. Tutti facevano un gesto di disgusto guardandolo dalle grate della gabbia e si allontanavano brontolando contro i maltrattamenti degli animali. Forse non gli passava neanche per l'anticamera del cervello che escludere dall'adozione un cane con una menomazione era un gesto altrettanto vile. Così capitò che me lo segnalasse un'amica e che lo prendessi in stallo. Per caso lo vide Teresa e s'innamorò subito di lui. Fu un sodalizio gonfio d'amore e di serenità. Ma ora Teresa aveva bisogno che mi occupassi provvisoriamente di Artù. Andai a prenderlo una domenica, entrò docilmente e senza sospetti in macchina e si ritrovò a Torino. Riconobbe immediatamente il portone e avanzò sulla soglia prima di me, lo feci sostare sul pianerottolo per mettere "in sicurezza" Fiocco, poi entrò anche lui, un po' spaesato e accompagnato come sempre dalla timidezza del suo carattere. Ma dallo studio dove avevo relegato Fiocco cominciò un rumore scrosciante di grattature alla porta accompagnate da miagolii chiari e decisi. Per quella sera riuscii con rocambolesche corsette a destra e a manca, apertura e chiusura di porte a velocità supersonica a non farli incontrare, ma l'indomani mattina dovetti affrontare la realtà. Avevo già capito che Artù non si degnava minimamente di indagare cosa stesse succedendo in quella parte della casa dove ero sempre attentissima a tenere le porte ermeticamente chiuse; non era affatto curioso, forse il suo pensiero era concentrato sul fatto che non era più con la sua amatissima Teresa e si trovava in una casa estranea. Fiocco invece non si rassegnava, era furibondo: chi era venuto a casa sua, chi si era permesso di sottrargli un poco del suo territorio? Chi riceveva le vocine carine di benvenuto, proprio com'era successo a lui? Per qualche giorno decisi che dovevo continuare con l'altalena delle porte aperte e chiuse, delle carezze in alternativa e assolutamente nascoste, niente più vocine fini fini, e fingere come se in casa non fosse mai entrato un altro "ANIMALE". Vivevano da "separati in casa", ma il fatto mi rattristava e impegnava oltretutto molte energie in quel continuo aprire e chiudere di porte. Avrei anche potuto logorare le serrature e consumare le chiavi! Così un giorno in cui era presente Nelly, su sua insistenza decisi di fare una prova: Nelly continuava a dirmi che era sicura non sarebbe successo niente, le era già capitato a casa di un'altra signora di assistere ad un incontro pacifico tra i due inizialmente ostinati nemici. Mettemmo il guinzaglio ad Artù, poi adagio adagio con somma cautela apersi la porta che li separava. Fiocco sgranò gli occhi a 360 gradi, come fa quando è sbalordito da qualcosa, poi un passo alla volta, con l'esagerata prudenza di qualcuno che si avventura nelle sabbie mobili, si diresse verso Artù che lo guardava fermo e tranquillo col suo sguardo dolce. Dovette credere che fosse un cane finto, di stoffa, perciò andò ad annusarlo appoggiando direttamente il suo ridicolo nasetto rosa al tartufo ben evidenziato di Artù. Durò alcuni secondi che a me e a Nelly congelate nello stupore parvero ore, poi Fiocco, ancheggiando indolentemente e con aria un po' delusa, si allontanò per andare verso il terrazzo, molto più interessante perché là avrebbe potuto vedere colombi veri, e non cani di pezza. Fu così che divennero amici e da allora permisi che si rincorressero nelle camere, ma poco alla volta perché conoscendo la voglia di agguati che alberga sempre nel cuore di Fiocco temevo in continuazione per l'unico occhio di Artù.

Tutto sommato però devo riconoscere che Fiocco ha un cuore buono, non fu mai dispettoso con lui, non alimentò la sua gelosia, cedette volentieri parte del suo territorio e mi rivelò una cosa importante: che non sempre il nemico è pericoloso come lo si crede.

La finestra sul corso e i giochi caserecci

L'alloggio in cui conviviamo, Fiocco ed io, ha la fortuna di possedere un'ampia vetrata prospiciente ad uno dei magnifici corsi alberati di Torino su cui si svolge quotidianamente un intenso traffico automobilistico di scorrimento verso le autostrade e di pedoni che si dirigono, proprio di fronte a noi, nei vari esercizi commerciali: la Farmacia, il Fiorista, la Panetteria, un Commestibili e un Bar. Nello spazio sottostante il finestrone ho collocato una vecchia cassapanca che funge anche da appoggio per diversi vasi di piante verdi e da fiore. Naturalmente quando è arrivato Fiocco è stato necessario preparargli un posticino libero che gli consentisse di sedersi a guardare tutto ciò che accadeva sul grande viale sottostante. Infatti, con immediatezza di scelta, Lui calcolò subito che tra i vasi si poteva ricavare un osservatorio privilegiato per sorvegliare ogni accadimento sottostante. Così saltò subito sull'angolo della cassapanca e spostò con un colpetto deciso il vaso piccolo che vi si trovava. Gli agevolai l'operazione e da quel giorno lo spazio riservato a lui è costantemente occupato almeno per quattro-cinque ore al giorno. Non ho idea di che cosa pensi in tutto quel tempo, ma osservando i rapidi movimenti della sua testina a destra e a sinistra mi è venuto il sospetto che voglia fare un concorso per farsi assumere nel corpo della Polizia Municipale. Secondo me si vede già in divisa blu, col suo bel cinturone bianco e la giacca coi bottoni dorati, la paletta in mano e il fischietto in bocca... Una ne pensa e cento ne studia... a volte però il soggiorno sulla cassapanca ha anche una funzione catartica, meditativa e rilassante. Dopo l'arrivo di Artù avrebbe ancora potuto conservare questo aspetto? Avrebbe potuto ancora restare sdraiato col musetto a occhi chiusi rivolto verso il soffitto, cullato spesso dalle musiche da camera provenienti dal vicinissimo impianto stereo? Questo si chiedeva Fiocco e per vari giorni, immerso nella contemplazione studiosa di Artù, tralasciò le amate soste cassapanchiste. Incominciarono i giochi. Corse a perdifiato per tutta la casa, sempre in testa lui che superava volando il divano e le poltrone, i tavolini e le sedie. Dietro, Artù col fiato un po' ansante, da cane anzianotto, ma niente affatto convinto a lasciarsi superare in velocità e destrezza. Alla fin fine però Artù perdeva la pazienza: un giovane gatto provocatore non poteva esigere tanto sacrificio da lui... ora gliel'avrebbe fatta vedere! aspettava il momento opportuno e poi zac gli saltava addosso e lo immobilizzava con la sua mole mentre con la boccaccia tutta spalancata s'impossessava deciso del collo delicato. La prima volta che abbiamo visto questa manovra, Nelly ed io, ci siamo sentite paralizzare dal terrore e abbiamo avuto il flash mentale di Fiocco strangolatissimo e pendente morto dai denti di un Artù ormai diventato gatticida. Dopo alcuni secondi di silenzio abbiamo aperto gli occhi e abbiamo visto Artù che con uno sguardo tranquilissimo e pacato continuava a tenere fermo per il collo il gatto niente affatto morto, il quale, a sua volta stava fermo, gli occhi aperti e sereni come quando si è dal parrucchiere che vi ha fasciato il collo con l'asciugamano per procedere a tagliarvi i capelli. Una visione incredibile, da fregarsi gli occhi per alcune volte e poi guardarci sbalordite... ma abbiamo visto giusto? L'agguantamento del collo avvenne spesso, ma straordinariamente mai fu versata una goccia di sangue, mai si ruppe la vertebra cervicale, ma ci scappò il morto. Era da capire che avevano ormai stretto una solidale e forte amicizia. Questo mi fu noto in modo assoluto quando presero l'abitudine di dormire sul mio letto, uno sotto l'ascella destra e l'altro sotto quella sinistra, e vi assicuro che col caldo estivo non era una situazione in cui si potesse stare tanto freschi!

Artù si ammalò. Un'infezione intestinale microbica. Per giorni e giorni ebbe una situazione diarroica, dovette essere curato con iniezioni, pasticche, alimentazione speciale e dimagrì molto, divenne apatico e depresso, se ne stava nella cuccia o dietro la porta d'ingresso, sempre pronto a correre fuori per le sue esigenze... fluide che il

49

poverino cercava nel limite del possibile di non depositare a casa, nonostante gli avessi apparecchiato il terrazzo con appositi lenzuolini. Fiocco comprese e prese subito la patente di infermiere veterinario per aiutare il suo amico sfortunato.

Fiocco infermiere veterinario dal cuore d'oro

Per prima cosa cominciò ad ispezionarlo ben bene girandogli intorno attentissimo ad ogni segno disarmonico che potesse cogliere; per compiere scrupolosamente questa ispezione clinica evitò, eroicamente, di usare la mascherina e così poté annusarlo a fondo, da ogni lato, sotto i folti peli, tra le labbra e perfino... pardon, nel culetto!

Ma non riusciva a capire che cosa avesse di preciso, cercava di stimolarlo con vocine esortative, con carezze sulle guance tramite le sue zampine "mazzetto di spine", ma niente produceva un effetto guaritore. Allora decise che forse Artù era malato di qualche male psichico perciò adottò la tecnica consolidata anche in campo umano di dedicargli il suo affetto e la sua compagnia. Sedeva vicino a lui, o si allungava al suo fianco e lo guardava, talvolta dormicchiava (anche), tuttavia gli faceva sentire la sua presenza e quando Artù sembrava stesse per cedere alla stanchezza e alla malinconia, lo interpellava con un briciolo di miagolìo, un piccolo respiro appena percettibile, come per fargli intendere che non era là per disturbarlo, ma per tenergli compagnia. E quando uscivamo per andare in passeggiatina igienica, Fiocco restava dietro la porta in attesa del rientro, e m'interrogava subito. "Com'è andata? L'ha fatta ancora fluida? Siete stati dal veterinario? Cos'ha detto?"

Il mio interesse era dedicato soprattutto al povero cane, ma un giorno mentre il gatto mi dormiva sulle ginocchia mi resi conto che era dimagrito anche lui. Forse aveva mangiato meno, forse aveva sofferto di malinconia anche lui. Gli feci un discorso ricostruttore, lo invitai a non lasciarsi andare, che Artù sarebbe guarito presto e tante altre cose del genere. Ma stette ancora magro per un bel po', ossia fino a quando il suo amico non si fu del tutto ristabilito.

Capitolo 3

L'amico dirimpettaio

Di fronte a noi, con la porta d'ingresso che si affaccia sul medesimo pianerottolo, abitano due gentilissimi coniugi che chiameremo i Signori P, Laura e Franco, non più giovanissimi, tranquilli, silenziosi, discreti. Insomma i dirimpettai che ognuno vorrebbe avere nel proprio condominio. La loro vita, fino a due anni fa, si svolgeva in un tran tran di equilibrate abitudini, di serene giornate dedicate agli hobby, alle passeggiate, alla cena del sabato sera in ristorante e cose del genere. Una domenica mattina, però, il destino mise la sua testolina bizzarra a sconvolgere questa serie normalissima di giornate. Gli strilli del garagista condominiale, al piano terra, ci fecero affacciare in molti ai balconi: cos'era successo? Una rapina con mitraglietta, un morto accoltellato sul furgoncino della panetteria, lo scoppio della terza guerra mondiale? Siccome non si capiva il senso degli strilli scendemmo, il Signor Franco ed io, precipitosamente nel garage e quale fu la nostra sorpresa quando trovammo l'addetto alle consegne che terrorizzato indicava un mucchietto di peli ad apparente forma di gatto rannicchiato in un angolo, e capimmo che gli urli volevano dire "sono allergico ai gatti". Non ci sembrava che l'allergia fosse già arrivata all'esito finale dello choc anafilattico, tuttavia prendemmo in braccio l'ancor più terrorizzato mucchietto di peli grigi di forma felina e fuggimmo all'aperto, mentre l'uomo del garage si riempiva rumorosamente i polmoni di aria depurata dall'infestazione subita e ci ringraziava con qualche improperio (anche)! All'aperto guardammo il contenuto del nostro salvataggio e ci accorgemmo che si trattava di un giovane individuo a mantello uniforme grigio-striato, in ottime condizioni di forma fisica, due fanali al posto degli occhietti, docilissimo e riconoscente per averlo sottratto agli artigli del garagista tra i quali chissà perché si intravedeva già una chiave inglese!!!! Visto che era perfetto deducemmo che si fosse perso e decidemmo subito di stampare cartelli da appendere in giro per ritrovargli il proprietario. Ma dove sistemarlo nel frattempo? Fiocco avrebbe creato qualche problemino? Riflettevo, ma Franco intervenne deciso – non ti preoccupare, lo prendo io –. Grazie, grazie davvero! I cartelli con la descrizione dell'anonimo tigrato furono stampati e apposti in giro, passavano i giorni: uno, due cinque, dieci... un mese, due mesi... niente. Avete già capito come andò a finire? Il mucchietto di peli prese completo possesso dei cuori e dell'alloggio di Franco e Laura, ma si dimostrò quasi peggio di Fiocco in quanto a vivacità e a lucidità mentale. Infatti fu chiamato Pierino perché anche lui una ne faceva e cento ne pensava, proprio come il classico Pierino delle barzellette. La vita dei due tranquilli coniugi fu ribaltata, ma nella casa si aggiunse la vivacità delle sorprese, il sorriso delle marachelle, la compagnia di una mente giovane e fresca capace di interloquire come una persona di famiglia. Incontrandoci, passavamo il tempo a raccontarci le varie peripezie, le astuzie, i comportamenti dei due imprevedibili serialdistruttori. Ma un giorno che cosa accadde? Pierino nelle sue continue ispezioni domestiche alla scoperta e riscoperta del territorio sentì immediatamente col radar delle vibrantissime vibrisse che gli era arrivato un refolo quasi evanescente di aria fresca. Ohibò, da dove proveniva quel soffio vitale ? Non c'era alcun dubbio, la direzione giusta era quella della porta-finestra del salone perciò bisognava con la massima urgenza avviarsi in quella direzione. In effetti, non si sa per quale miracolo, esisteva una consistente fessura nell'accostamento della porta che dava sul terrazzo, ma non era sufficiente per permettere il passaggio della consistente corporatura di Pierino. Il furbastro dopo essersi dato una grattatina in testa ebbe l'idea che si potesse dilatare la fessura lavorando di zampa. A tale opera si adoperò con regolarità e serietà finché eccolo sul balcone! Ora si trattava di vedere in quale direzione potesse dirigersi: c'era, è vero, una robusta ringhiera a maglie fitte, ma non tanto che non si potesse attraversare tenendo il respiro e facendo rientrare indietro la pancia, operazione che aveva visto fare in spiaggia da un signore attempatello al passaggio di una bella signorina sinuosa e ancheggiante. Oltre la ringhiera un agevolissimo piano sporgente correva fino al terrazzo limitrofo, ossia il mio. Che importa che il tutto fosse al IV piano? A parte che Pierino neanche si sognava di soffrire di vertigini, il veterinario non aveva forse assicurato che il gatto può cadere senza morire fin dal IV piano? Così l'intrepido si avventurò curiosissimo e felice. Balzò sul terrazzo sconosciuto e per prima cosa annusò bene tutto per non avere sorprese, le antenne baffute gli confermarono i sospetti che lì abitassero un altro gatto e... un cane! Allora decise, sempre da intrepido, di affrontare a viso aperto il pericolo e con le zampine prese a bussare e a grattare il vetro della finestra chiusa. Nessuno rispose, allora via con le voci – di casa? c'è qualcuno qui? insomma vi volete accorgere della mia presenza? Sono qui per una visita di cortesia, giuro che non vi mangio! – Fiocco se ne accorse quasi subito, mentre Artù da buon cane tontolone continuava a dormire placidamente sul divano. Mi richiamarono le voci in contrappunto dei due mici e corsi a vedere cosa succedeva. Povera me che dilemma: se apro la porta Artù e Fiocco gli piomberanno addosso e Pierino dove potrà fuggire se non saltando dalla ringhiera e piombando dal IV piano sulla testa di qualche passante del corso? Eppure bisognava fare qualcosa. Poco per volta apersi uno spiraglio ma Pierino spaventato di trovarsi di fronte ad una sconosciuta e all'aria minacciosa di Fiocco esaminò le vie di fuga, decise che avrebbe potuto saltare sul davanzale della mia camera da letto, a distanza di almeno due metri e... oplà con un bel salto si trovò in bilico sullo stretto davanzale inseguito da un mio irrefrenabile, istintivo urlo che svegliò Artù, mise in moto Fiocco e fece arretrare contro il vetro, quasi schiacciato il desolato Pierino, ormai consapevole di averla fatta grossa e di essere in serio pericolo. Baraonda non c'è che dire, ma l'angelo custode dei gatti mi ispirò di correre immediatamente in camera e aprire la finestra. Un uragano di peli, miagolii e velocità mi si catapultò sul petto e si precipitò nella stanza, e dalla stanza al salone e nel salone sparì sotto il divano. Eravamo tutti salvi!

Artù trova famiglia

Artù pareva diventato inamovibile dal suo stallo, stava benissimo, giocava con Fiocco senza compromettersi troppo emotivamente, i vari appelli su Internet restavano inascoltati ed io ero sempre più impensierita perché l'inverno piovoso, nevicato e bagnato di Torino mal si confaceva con la mia debolezza senile e aumentava il timore di cadere. Così Artù ebbe il suo dog-sitter, un affettuoso giovane studente che per raggranellare qualche soldino lo accompagnava ogni giorno a fare i giretti igienici regolamentari. Bene o male l'inverno passò. Ma quanto è strana la vita! Ciò che avevo evitato nei pericoli dell'inverno accadde in primavera, con le strade pulite, asciutte e già illuminate dal primo timido sole. Diciamola subito e in fretta la cosa strana e imprevedibile: mentre scendevo dalla macchina misi un piede in fallo su non so quale protuberanza e mi procurai una brutta storta. Una radiografia rivelò che l'incidente aveva causato la frattura del malleolo alla caviglia sinistra. Bendaggi rigidi, riposo assoluto per almeno un mese. Renata, l'amica mia e dei cani, volontaria al canile, venne immediatamente a portarmi le stampelle per muovermi in casa, ancora molto triste per la recente morte del suo amatissimo cane Rey. Aveva già pronosticato di adottare Artù a Ottobre, quando avesse risolto alcuni suoi problemi, intanto io lo avrei ancora ospitato nell'estate, periodo favorevole alle uscite nei vari parchi torinesi. Ma ora, col piede sul divano sopra il cuscinone ricamato, che si poteva fare? Chiamare di nuovo il dog-sitter ? Renata, donna decisa e pratica, abituata a dirigere la sua agenzia di amministrazioni condominiali e a prendere decisioni rapide, dopo essere stata un momento in silenzio si alzò e disse con determinazione "lo prendo adesso, tanto avevo già deciso per Ottobre! Dov'è il guinzaglio? Dov'è il libretto sanitario?" Io sbalordita ma felice perché Artù aveva trovato finalmente una sistemazione definitiva e meravigliosa l'abbracciai col cuore pieno di riconoscenza e fui subito d'accordo che andasse con lei, nella sua bella casa con un grande terrazzo, con un altro gatto anche lui di nome Artù e con la Mamma di Renata, persona di una dolcezza infinita che, ne ero certa, lo avrebbe accolto con una grande tenerezza. Artù seguì subito con Renata, che già conosceva, alzando tutto contento il suo gonfio codone e oltrepassando la soglia senza neanche voltarsi a guardarmi poiché la passeggiata è sempre stata per lui il momento più felice della giornata. Fiocco in quel momento chissà dov'era e non si accorse di nulla. Il pomeriggio passò normalmente, ma alla sera, quando eravamo soliti ritirarci tutti in camera da letto Fiocco notò che la cuccia di Artù non c'era più, che io avevo un viso sereno ma un po' malinconico, che l'atmosfera generale era mutata. "Artù, dai vieni fuori, dove ti sei cacciato? Non vedi che è notte, che è ora di guardare la TV e ronfare un po' al suo rumore variegato? Adesso vengo a cercarti, vecchio poltrone, chissà dove sei andato a rannicchiarti!" e così invocando l'amico prese a girare per la casa riservando la massima attenzione ai luoghi nascosti, agli angoli più impensati, sotto le porte, dietro le tende, nel cesto della biancheria da lavare, tra i vestiti appesi all'appendiabiti. Niente. Ma Fiocco è un testone e quando ha in mente qualcosa e si aspetta qualche risultato positivo non demorde tanto facilmente. Girò e rigirò anche il giorno seguente, ispezionò fino a logorarsi il roseo nasino, gli occhi gli si allargarono decisamente nello sforzo di trovare un indizio almeno, un segno che potesse far sperare nel ritrovamento di Artù. Io lo consolavo, con pacati e razionali discorsetti cercavo di convincerlo a desistere, gli comunicavo le telefonate e le email che ci scambiavamo Renata ed io, ma lui sembrava non ascoltare e non credere alle mie argomentazioni, come fosse tutto un triste inganno, una serie di dolcissime menzogne per medicare la sua nostalgia e mitigare il suo dolore. Ci volle parecchio tempo perché si abituasse all'idea che Artù era andato a stare veramente bene, e dicendo così non intendevo quello che, con pietosa bugia, si dice a volte di fronte all'inesorabile. Questa volta non si trattava di un eufemismo ma della più fortunata delle realtà.

Una nuova ospite : Natalina

Settimana di Natale: le strade infiocchettate di lustrini come pacchi regalo ma inzaccherate di neve fradicia e di pioggia gelida, talvolta uno sbuffo di vento s'intromette a rendere più difficile la situazione, i passanti infagottati e frettolosi diretti a casa o ai supermercati per le ultime spese. Io in casa con gli occhi sul corso a contemplare i giochi di luce degli addobbi festosi e le finestre delle case di fronte che luccicano di stelle finte, di slitte tirate da renne di coloratissimo cartone: suona il telefono. È Anna, carissima amica, direttrice del canile "Amica cuccia" di Chivasso e presidente dell'associazione animalistica A.P.A.CHI, deus ex machina di ogni animale in difficoltà nel vasto territorio del chivassese. In tutta fretta, è Natale, non dimentichiamolo! – Devi prendere in stallo una gatta trovata abbandonata per strada, magra, malconcia, l'abbiamo curata e si è ristabilita ma da dieci giorni è in gabbia e non sappiamo dove metterla, inoltre deve ancora assumere antibiotici per la rinite e la tracheite, deve stare al caldo e assumere buon cibo, tu sei la nostra unica speranza... ormai hai solo più Fiocco, lei è femmina vedrai che andranno d'accordo, ti prego non dirci di no, ne va della salute della povera bestia che siamo certi era una gatta abituata in casa e gettata fuori perché diventata un peso, è buona e tranquilla, dai, dicci di sì – Secondo voi cosa avrei dovuto rispondere? A Natale, poi!

Così quel pomeriggio stesso giunse a casa mia un giovane volontario con un trasportino rosa che depositò appena entrato e aperse con decisione inclinandolo un po' perché potesse uscirne l'ospite: lei, bianca e grigia, enormi fanali grigio-azzurri come occhi e subito miagolante un educatissimo "meo meo meo" che vuol dire "buon giorno, grazie dell'ospitalità, come state?" Al che educatamente si risponde "noi bene, grazie, ben arrivata e come ti chiami?" Il volontario scosse la testa mentre richiudeva il trasportino "non lo sappiamo, non l'ha mai voluto dire a nessuno, bisognerà trovarle un nome nuovo, faccia lei" Un giro di nomi si presentò nella mia testa, nomi altisonanti: Belisaria, Rosamunda, oppure Bamby, Ciccina, Cuoricino... no! Ma è arrivata a Natale, la festa dell'amore e dell'accoglienza, quale nome più adeguato e bello di... Natalina? Lo comunicai subito a voce alta ai presenti e tutti furono d'accordo, anche lei che dette un piccolo miagolio di assenso. Partito il volontario si trattava di fare le presentazioni a Fiocco che nel frattempo era uscito con aria preoccupata dal suo nascondiglio sotto l'asse da stiro. Che cosa stava succedendo? Un altro ospite? Per poi farlo sparire come Artù? Non esageriamo adesso, mi pare che in questa casa ci sia un po' troppo va e vieni per i miei nervi, mi si toglie la tranquillità e poi si pretende che me ne stia buono buono ad anchilosarmi sul divano! Miao Miao Miao, mi avete capito? E poi questo essere felino si può sapere di che sesso è? All'odorato non riesco a definirlo, che sia un nuovo genere (inventato da poco in laboratorio da quei pasticcioni di uomini?) o abbia un gene modificato anche lui come le pesche-noci ? Come mai non possiede gli attributi che avevo anch'io una volta? Se fosse femmina lo capirei immediatamente, è un mistero che devo ancora risolvere. Infatti lo risolse, che cosa vi aspettavate da uno che forse era arruolato nel KGB? Stabilì che talvolta Natalina era un maschio, anzi un maschiaccio vero e proprio: di mole assai più importante della sua gli menava certe zampate quando la disturbava mentre era a tavola, oppure quando era stesa sul letto a fare il riposino e lui voleva mettersi proprio nel punto esatto in cui riposava lei! Altre volte invece emanava un superstite, vago ma riconoscibilissimo, seducente profumino di femmina. Allora era impossibile resisterle. Fiocco aveva perso gli attributi sul tavolo operatorio del più incosciente dei veterinari, ma il ricordo di essi ce l'aveva ancora, eccome. Programmava bene come potesse prenderla di sorpresa, prima che gli mollasse una delle sue potenti sberle, poi deciso e con mossa fulminea, quella prendi-topo che la mamma gli aveva insegnato da piccolo, le piombava sul collo immobilizzandola con una forte presa sulla cervicale. In questo modo Natalina era quasi strozzata e comunque impossibilitata a qualsiasi valida mossa di difesa. Allora lui, totalmente maschio in quel momento, le montava sulla schiena come avrebbe fatto un generale col suo cavallo, e gliela stringeva con le zampe posteriori, per fortuna senza speroni d'ottone. Ma non faceva mai i conti con le urla di Natalina, potenti, deflagranti, una miscela di toni altissimi acuti e fondi, gravi e striduli, da vera strangolata, che neanche Luciano Berio avrebbe potuto creare. Giocoforza che io accorressi immediatamente e urlando a mia volta tempestassi di botte l'insensibile sedere del masculo violentatore. Dapprima una resistenza irremovibile ma infine tra uno svolazzare vorticoso di peli bianchi e grigi in ogni direzione, lo stupratore-illuso mollava la preda e, rapidissimo come aveva messo a segno il colpo, s'infilava sotto il mobile più basso della casa strisciando sul pavimento come un cobra. Ma ormai ci aveva preso gusto a fare tutte queste piazzate, aveva capito con la sua lucidissima intelligenza che gli agguati non avrebbero avuto alcuna resa soddisfacente sul piano sessuale, essendo passati entrambi, lui e Natalina, disgraziatamente, per quell'ambulatorio del veterinario pazzo-irresponsabile (ma quanti ce ne sono come lui?). Però una forma di divertimento si poteva trovare lo stesso, in fondo questi salti improvvisi sulla schiena che generavano le gutturali, infernali vociacce di Natalina mi facevano sempre accorrere trafelata, con qualcosa in mano con cui menarlo ma che lui, ormai allenato, sapeva benissimo trovare il modo di evitare, anzi di farsi ancora una risata da sotto il divano. Si può capire come la sceneggiata lo gratificasse dalle prolungate soste sulle poltrone quando d'inverno non si poteva neppure uscire sul terrazzo e le giornate erano talmente corte che era sempre ora di andare a dormire. Scoprì anche che poteva esserne lusingato il suo narcisismo: fare un po' l'attore, mettersi in mostra in tutto lo splendore del suo mantello d'ermellino, non possedere il minimo grado di timidezza non erano forse innate doti teatrali che finora non gli era mai venuto in mente di sfruttare? Decise di mettersi subito alla prova, così la prima volta che venne a casa nostra un ospite e Natalina col suo squisito senso dell'ospitalità era andata alla porta a dargli il benvenuto, lui mise in atto il piano. Oplà... è già con le fauci spalancate a tigre indiana sul collo della compagna che ovviamente, come in una partita a ping pong, risponde con le urla da strangolamento. Corri di qui corri di là, l'ospite spaventatissimo alza le braccia temendo una deviazione verso di lui dell'attacco alla gola, i soliti peli che si sfarinano nell'ingresso e infine la risata satanica da sotto la cassapanca. Ormai ha capito che quella è la strada del divertimento più esilarante di tutti: non solo io a correre, ma anche gli ospiti coinvolti nel loro ruolo di sbalorditi, statue di sale come stravaganti appendiabiti nell'ingresso. Ho fatto di tutto, credetemi, per farlo desistere da questa sua folle rappresentazione teatrale: l'ho picchiato con lo strofinaccio da cucina, l'ho chiuso nella stanza degli ospiti come punizione, gli ho fatto ascoltare i violini degli studi di Stravinskji, gli ho dato la scatoletta di riso e pollo anziché quella di ali di tonno all'alsaziana, gli ho fatto discorsini moraleggianti e strappalacrime mentre gli grattavo tra le orecchie... niente è servito. Quando arriva qualcuno lui per prima cosa prende Natalina per il collo! Una piccola conquista, da parte mia, l'ho raggiunta, o forse è lui che si è stufato di quel gioco ripetitivo; non ci mette più tutta quella profonda partecipazione di una volta, ora afferra quasi sbadatamente il collo di Natalina, come fosse una routine scontata e lui lo facesse pensando ad altro. Anche lei non si spaventa più, non emette le voci del profondo, si lascia pendere dalla bocca di Fiocco, rassegnatamente, lui la trascina qualche metro, poi la molla lì, tra i nostri piedi, e si allontana come uno che va a fumarsi una sigaretta sul terrazzo.

Non crediate che sia facile imbrogliarmi, voi veterinari!

Forse il malanno lo portò Natalina: parassiti nelle orecchie, tanti, neri, visibili ad occhio nudo. Continui strofinamenti contro le gambe dei tavoli, grattate furiose con le zampine, testatine contro le mie mani per farsi massaggiare nel punto del prurito. Anche Fiocco? Sì, anche lui. Due grattatori accaniti in casa. Consulto telefonico con il veterinario e amico dr. Biora – instillagli queste gocce nelle orecchie, tre volte al dì, in un pochi giorni il problema si risolverà –. Oh, grazie, meno male, vado subito in farmacia. Torno a casa col pacchetto, un boccettino con la pipetta per centrare il condotto uditivo e spremere le gocce. OK perfetto. Col boccetto in mano mi avvicino dapprima a Natalina che dorme con le orecchie in bella vista e accosto la pipetta all'orecchio: odore di ambulatorio veterinario? intuizione fulminea nel dormiveglia di trattamento alle orecchie? lettura del pensiero? il balzo è istantaneo, giù dal tavolino, giù dalla sedia, giù da tutto e scomparsa non si sa dove, l'occhio non ce la fa a seguire il corso di un fulmine: ricerca per tutta la casa, voci dolci, imitazione di miagolii, viaggi col piattino delle ali di tonno all'alsaziana in mano. Irreperibile. Proviamo con Fiocco, lui non sa ancora niente, è vero che ha visto la fuga di Natalina, ma non ne conosce la ragione... cauto avvicinamento anche con lui, la pipetta pronta già con le gocce in uscita... ma dov'è Fiocco? Era raggomitolato sul divano, dov'è andato adesso? Nulla, neppure sotto la cassapanca. Innervosita la smetto. Vedrò di procedere quando vengono a pranzo. Dovranno pur rifarsi vivi! E infatti arrivano, prima uno poi l'altra, avanzano cauti, guardinghi, girando occhi e testa in ogni direzione. Gli sibilo a metà labbra – ma non siamo mica nel Vietnam ai tempi dei tempi... qui non c'è nessun vietcong, fatevi furbi e venite a mangiare. Si lasciano convincere e qualche crocchetta sento che la spezzano tra i denti. Poi senza altri complimenti vanno a dormire e dopo un po' li vedo tutt'e due sul divano immersi nel sonno. Furtivamente, senza scarpe mi avvicino... che fortuna... hanno le orecchie scoperte – adesso miei cari non potete sfuggire alle gocce – adagio adagio, trattenendo il fiato muovo la mano "boccettata" da dietro la schiena, la alzo sempre lentissimamente e vado giù ad arco verso le orecchie belle grandi di Natalina. Ci siamo, un secondo ancora ed è fatta... ma mentre penso questo il divano diventa vuoto, davanti a me ho la fossetta stropicciata in cui riposava Natalina, e senza che ancora potessi rendermi conto di qualcosa compare, vicina, la fossetta vuota di Fiocco! Ah disgraziati, me l'avete fatta! Scene analoghe vanno avanti per parecchi giorni finché il dr. Andrea Biora, prendendomi un po' in giro mi dice – ma dai cos'avranno di speciale i tuoi gatti, se le lasciano mettere tutti le gocce... certamente sei tu che non sei capace. Te li vengo a prendere io, li porto in ambulatorio, tanto siamo a due passi, gli metto io le gocce e con l'occasione gli visito un po' bene 'ste orecchie che magari hanno anche bisogno di un lavaggio a fondo perché chissà quanto cerume hanno accumulato! Sono d'accordo. Dopo un'oretta il dr. Andrea si presenta col trasportino e carica Natalina per prima, dal momento che è la più vicina. Lei è dolcissima, del trasportino non ha paura, ed entra subito, fiduciosa e serena. Neanche Fiocco ha paura del trasportino, anzi quando lo vede aperto ci entra tranquillo perché è curioso di ogni avventura e sa che col trasportino si va da qualche parte, magari al mare o in montagna. Così Natalina parte, con l'intesa che sarebbe stata di ritorno alle prime ore del pomeriggio e sarebbe stata la volta di Fiocco. Infatti alle 14 circa ritorna il veterinario col trasportino e lo apre nell'ingresso, ma Natalina non salta giù, viene deposta addormentata sul pavimento – sai, ho dovuto sedarla perché era intrattabile: altrimenti niente gocce, niente lavaggio... solo graffi e ribellione. Ora però è ben detersa, le ho dato un medicinale risolutivo, vedrai come starà bene –. Mentre parlavamo io la guardavo: che bel gattone, colori del mantello nitidissimi, un musetto incantevole che però ne faceva due di quello di Fiocco, gambone robuste, veramente deliziosa, ma certo faceva un po' effetto così immobile, rigida, distesa: una gatta bellissima ma morta. Non facevamo tanto caso a Fiocco, il quale invece come noi la stava guardando girandole intorno, annusandola, col musetto ancora più rimpicciollito dalla sorpresa, emetteva piccolissimi im im im, non erano miagolii ma sembravano piuttosto un ultimo, incredulo e impossibile richiamo. Infine come noi concluse: morta. Natalina era morta. I veterinari, lui lo sapeva, questo fanno: o ti tagliano gli attributi o ti fanno morire. Era talmente sconvolto che non fuggiva neppure, stava lì a guardarla e a commemorarla. Ma poi dai convenevoli si passò alla pratica – Dai, prendiamo Fiocco così per stasera è fatta anche con lui – Queste parole mi ridestarono un vago ricordo di un discorso fac-simile fatto dalla madre di Cecilia nei Promessi, vi ricordate? Ma non ci feci caso. Fiocco certamente aveva la memoria più fresca della mia e fece rapidamente il giusto collegamento – Certo, è fatta anche con me entro stasera, mi fanno fuori come Natalina e poi mi riportano qui e mi scaricano sul pavimento... ehi voi, ma mi avete proprio preso per scemo? Col cavolo che mi avrete! Dal veterinario dovevo aspettarmela, ma da questa qui che fa credere in giro di essere animalista e mi fa le voci dolci quando siamo soli no, da lei proprio non me l'aspettavo, ora provate ad acchiapparmi se ci riuscite! Il vostro trasportino potete buttarlo dalla finestra perché io non ci entrerò mai! – Al tempo stesso faccio una fuga che al confronto quelle di Bach si potrebbero chiamare "lentezze". Sapete cosa vuol dire volatilizzarsi? Mi sono scelto un posto sicurissimo, ormai l'alloggio lo conosco come le mie tasche! E di là riesco anche a divertirmi guardando quei due che si agitano in tutte le direzioni e alzano sgabelli, spostano poltrone, sollevano le fodere delle poltrone, ah ah ah che risate...

Noi due invece non ridevamo affatto, scalmanati, arrabbiati, increduli alla sparizione magica eppure messi di fronte alla realtà. Infine ci trovammo nuovamente nell'ingresso, scoraggiati, sbuffanti e ci fermammo a fare il punto delle situazione come generali che devono esaminare nuove strategie dopo aver perso una battaglia. Fu allora che Fiocco fece l'errore fatale: ingannato dal nostro deluso e affaticato silenzio alzò di un briciolo il capo per vedere cosa stavamo facendo, ma proprio in quel momento l'occhio del veterinario si mosse in direzione del nascondiglio del gatto. Due puntine bianche di orecchie sporgevano dalla sommità dell'armadio provenzale che si trova nell'ingresso, luogo in cui avevamo tenuto la riunione strategica. Eccolo, eccolo è sull'armadio, Fiocco scendi giù, dai non farci impazzire! Repentina scomparsa delle orecchie, – ce l'hai un giochino, qualcosa per farlo scendere? Ormai non ci sfugge più. Ma lui un gran salto senza giochino e via nel bagno dietro il bidet, e noi dietro con le vocine, le mani colme di crocchette, il passo tranquillo e rasserenante. Potenza delle crocchette anche in campo felino! adagio adagio mogio mogio mi viene incontro, lo accarezzo e lui fiuta la mano, la trova inoffensiva, si lascia prendere in braccio, pensa che forse ho cambiato idea, o forse si è semplicemente rassegnato. Lo metto delicatamente nel trasportino, dopo aver sottratto la "morta" al suo ricordo e ai suoi sguardi angosciati. Si lascia andare con un sospiro sul trapuntino, anche lui è stanco delle grandi corse ed emozioni: riposarsi un po' non gli dispiace. E così si avvia, guardandomi mestamente dalla gabbietta, verso il suo destino di pulitura auricolare.

Riunione di famiglia

Sapete ormai che tutt'e tre viviamo come la più semplice ma più amorosa delle famiglie, tuttavia, come in ogni famiglia ben impostata ed educata vige il sistema del rispetto delle regole (solo Fiocco ha difficoltà a rispettarle, ma alla fin fine anche lui le accetta, volente o nolente). La prima di queste regole è l'armonia comunicativa, poi seguono la lealtà, la democrazia, la manifestazione degli affetti e le gentilezze reciproche. Non si porta mai rancore, per nessuna ragione, ci si spiega, ci si chiede scusa, si ammettono i propri errori.

Un giorno suonò il telefono, dal momento che ero sotto la doccia rispose Fiocco, ma contrariamente al solito non mi chiamò, e quando gli chiesi, mentre mi asciugavo i capelli, chi mi avesse cercato rimase tra l'imbarazzato e il taciturno e se ne fuggì in terrazzo tra le gambe del solito sgabello turchese rovesciato. Lì per lì non ci feci caso, mi dissi che forse a telefonare era stato il solito scocciatore che aveva sbagliato numero telefonico. Rifeci la domanda a pranzo, mentre gli sfilacciavo brandelli di prosciutto che ingoiava avidamente. Lui fece finta che gli fosse andato il prosciutto di traverso ed io preoccupata gli battevo sulla schiena, perciò nuovamente l'argomento fu accantonato. Ma che fosse per il suo ripetuto strattagemma del silenzio, o per una sotterranea intuizione che alligna sempre nelle cellule cerebrali del sesso femminile, non ero tranquilla. Così alla sera, mentre come al solito venne a salutarmi con la formula "nasino contro nasino" gli ficcai uno sguardo severo tra le pupille verticali e l'iride d'oro mettendolo alle strette – Ma si può sapere, infine, chi ha telefonato stamattina? Dimmelo subito altrimenti ti puoi scordare che ti accarezzi per fare ron ron e vai a letto senza coccole per almeno una settimana... allora lo vidi per la prima volta contrito, preoccupato e con un velo di tristezza che adombrava la sua testina candida. Si distese più che poté sul mio petto, le zampine sulla gola poi con poche parole mi riferì: aveva telefonato una signora per adottare lui o Natalina... anche a me si gelò il cuore. Il momento era arrivato. Non erano forse in stallo lui e Natalina? Non li avevo accettati a questa limitante condizione, proprio per evitare quei comportamenti egoistici che tanto stigmatizzavo nelle persone mie coetanee? Ci eravamo illusi tutt'e tre, ma non eravamo una famiglia e non eravamo l'uno dell'altro. La realtà bussava alla nostra porta. Che fare? Dovevamo prendere una decisione straziante, ma non ne eravamo capaci. Decidemmo di non dire niente, per ora, a Natalina e di provare a dormire sopra questa orrenda notizia. All'indomani mattina lui mi disse che ci aveva pensato, che era stato sveglio tutta la notte (mentiva perché lo avevo sentito ronfare parecchio) e desiderava, in omaggio alle regole democratiche, che indicessimo un sinodo. Un sinodo? Ma dove hai preso questo termine, non siamo mica vescovi! Voleva dire riunione. Va bene, fu convocata la riunione, avvertita Natalina che fece subito inumidire i suoi magnifici occhi verdi, e predispose le poltrone in salone. Tutti comodi: chi parla per primo? Nessuno. Allora comincio io – carissimi, quello che ci capita era previsto e atteso da tempo, tanto tempo, forse troppo. Abbiamo sbagliato in questo, siamo stati tutti troppo a lungo insieme. Ora come facciamo? Intervenne Natalina: se adottano Fiocco chi mi prende per il collo quando viene qualcuno? Questa prassi ormai consolidata non si può abolire, ne soffrirei troppo e poi dove andrà lui, magari la sua nuova padrona non saprà rifornirsi di crocchette alle code di topo e gli propinerà una scatoletta di armadillo caramellato, intruglio che gli procura il voltastomaco! Fiocco protestò vivacemente: Insomma è tutto troppo pericoloso, e se mi trovassi su un balcone non protetto? e se mi mettessero nella stiva di un aereo, chiuso in gabbietta tra il rumore assordante dei motori e mi sbarcassero in una nazione lontanissima, quasi stellare, in cui il tanto vantato armadillo in scatola è costituito (orrore) da una tenera coscia di gatto? Ma come si fa a decidere la sorte di un povero famigliare-povero con tanto cinismo? Anch'io dissi la mia – sono anziana, e se mi succedesse qualcosa che fine fareste? Natalina riprese: qui sembra che debbano succedere le cose peggiori a tutti, è possibile mai? Insomma un caos di voci, opinioni, recriminazioni, sogni infranti, proteste sindacali, nero su bianco anche per piccolissimi accordi con la brava firma sotto... alla fine non se ne fece nulla e ci aggiornammo all'indomani. Il risultato fu sempre quello di una bella fumata bianca alta nel cielo e bronci scuri fin sotto il pavimento! Decidemmo di chiamare uno psicologo che facesse fare anche a noi il famoso "un certo percorso". Venne lo psicologo, un gattone enorme nero come il carbone, funereo e con grandissimi baffi bianchi perché era ormai anziano. Che lentezza esasperante cari lettori! Fiocco batteva nervosamente il piedino per terra e con la coda sembrava falciare un campo di grano; Natalina più tranquilla se ne stava seduta sul comò finto barocco dell'ingresso. Che flemma, amici! Tirare fuori gli occhiali, pulirli con la pezzuola di fine velluto, guardarli controluce, metterseli sul naso e intanto dare una ravviatina ai peluzzi neri della testolona, poi altro rito per aprire la borsa, per tirarne fuori i fogli stropicciati. Infine il discorso: che erudizione figli miei! Li tirò fuori tutti: Hegel, Shopenhauer, Freud, Marcuse, e altri mai sentiti prima. Ma cosa disse infine? Nessuno ci capì niente. Capimmo solo tutt'e tre che andando via ci chiese 40 scatolette di zampe di rana arrostite e profumate all'origano e neppure ci rilasciò fattura. Passarono ancora molti giorni, l'argomento era stato fatto cadere come una pietra in un pozzo, vietato per mutuo accordo di tirarlo ancora in ballo. Però ogni volta che suonava il telefono il cuore ci tremava. Da qualche parte c'era "una signora" che voleva separarci. Ma noi avremmo resistito, avremmo lottato ancora contro il tempo per salvare la nostra felicità. Qualcuno ci avrebbe protetto. Ne eravamo sicuri. Questo pensavo con l'animo fortificato dalle tante battaglie sostenute e vinte nel tempo. Non aprire il passato e sperare nel futuro: dicevo pessapoco così in una mia poesia tra le più amate, formula che ho sempre ritenuto potesse sconfiggere ogni situazione, anche disperata. Erano le prime luci di un mattino invernale limpido e sereno. In poltrona stavo ascoltando Mozart con la tazzina del caffè in mano. Mentre sentivo Raffaella, la mia cara e insostituibile colf, che faceva girare la chiave nella serratura per entrare, vidi Fiocco che si dirigeva verso la porta con Natalina che pendeva dalle sue fauci strette sul collo... la normalità era tornata fra noi.

P.S. dice che vuole i diritti d'Autore...

INDICE

7   *Introduzione*
9   *I gatti, disegni di Andrea Martini*
23 *Come vivere con un gatto tutto matto e amarlo alla follia*
23 *Capitolo 1*
23 L'ingresso in casa
30 Una personalità disturbata
39 *Capitolo 2*
39 Vita di tutti i giorni
44 Arrivo di un ospite indesiderato
47 La finestra sul corso e i giochi caserecci
51 Fiocco infermiere veterinario dal cuore d'oro
52 *Capitolo 3*
52 L'amico dirimpettaio
56 Artù trova famiglia
58 Una nuova ospite: Natalina
64 Non crediate che sia facile imbrogliarmi, voi veterinari!
69 Riunione di famiglia

Prima Edizione
Novembre 2014